मन और हम

राम

KAVYA
PUBLICATIONS

Publisher:

SDR INNOWAYS INDIA PVT. LTD.
667, Rajaward, Kulpahar, Mahoba - 210426

Imprint:
KAVYA PUBLICATIONS
Plot No.107C, Hanuman Khand, Gulabvatika, Behta Hazipur, Loni-UP (Near Dilshad Garden Delhi) NCR -201102

Mob. : 7905266820
Website : www.kavyapublications.com
E-Mail : info@kavyapublications.com

ISBN : 978-93-6431-647-7

Year : 2026

This book is printed at MTL and published by author Ajay Agrawal, CEO of SDR Innoways India Pvt. Ltd. Kulpahar Mahoba with its imprint and centre, Kavya Publications Delhi.

अनुक्रमणिका

1.	आखों में दर्द	07
2.	गुलाब	08
3.	बैरंग जिंदगी	09
4.	तेरी खुशी	10
5.	दिल की आश	11
6.	अजीब इश्क	12
7.	शांत न होना	13
8.	छोटी मुस्कान	14
9.	अशांत	15
10.	एक तरफा प्यार	16
11.	अनदेखा कर दिया	17
12.	खामोश रहना	18
13.	खुशी लाना	19
14.	खामोश	20
15.	सुबह	21
16.	उदास चेहरा	22
17.	शान्त	23
18.	जानता हूं	24
19.	मुस्कान	25
20.	रोकना	26
21.	आश	27
22.	तुम्हारी आँखें	28
23.	ज़ख्म	29
24.	तनहा	30
25.	याद	31
26.	इश्क	32
27.	स्वाभिमान	33
28.	बेड़ियां	34
29.	तड़प	35
30.	चलती राहें	36
31.	एक ही रास्ता	37
32.	जरूरी है	38
33.	क्या लिखूं	39

34. समय किसी का 40
35. थका चेहरा 42
36. दूर जाना 43
37. अपनी खुशी 44
38. ख़्वाबों में दस्तक 45
39. प्यार करना 46
40. देख कर पागल 47
41. इश्क का दीपक 48
42. अकेला हु 49
43. अकेला 50
44. सुकून 51
45. तेरा जाना 52
46. चाहत में खोना 53
47. भुलाना 54
48. उड़ गई नीद 55
49. मैं मिलूंगा 56
50. याद हैं दर्द 57
51. इश्क झूठा 58
52. उदास हक 59
53. साथ नहीं 60
54. लड़का तबाह 61
55. ख्यालों में 62
56. शब्द आ गए 63
57. मासूम बरसात 64
58. आलम 65
59. यह प्यार है 66
60. जरूरत के लिए 67
61. करीब देखा 68
62. उनका खुश होना 69
63. एक मुखौटा 70
64. मेरी बात 71
65. मगर जरूर को 72
66. अकेला हूँ, 73
67. उम्मीद करूं 74
68. सब बदल रहा है 75
69. एक दोस्त 76

70. याद नही 77
71. सारी तमन्ना 78
72. अलग 79
73. एकता सूत्र 80
74. उसकी कोशिश 81
75. शान्त होना 82
76. मुस्कान रह गई 83
77. क्या कहूँ 84
78. तुम चले गये 85
79. देखते रहे 86
80. आहट 87
81. आंसू 88
82. भरोसा करूं 89
83. क्या बोलूं 90
84. यहीं करूं 91
85. सीखा गई 92
86. बरसात हुई 93
87. लौट कर न आना 94
88. मगर क्यों 95
89. मैं नहीं जनता 96
90. बहुत कुछ 97
91. गुजर रहा हूँ 98
92. जो जैसा है 100
93. अजीब तस्वीर 101
94. देख रही आँखें 102
95. खाली आँखें 103
96. मन रहता 104
97. तू पास 105
98. नजारे 106
99. अजनबी 107
100. वो आए 108
101. नजरों में दर्द 109
102. कमियां 110
103. दासता 111
104. डर उदासी का 112
105. इश्क कर बैठे 113

106. नजर मंजिल 114
107. नजर देखूं 115
108. मेरा दर्द 116
109. तेरी खुशबू 118
110. उदासी 121
111. जिंदगी 122
112. जीवन का सच 124
113. नारी स्वतंत्रता 127
114. पढाई होती हैं 131
115. क्या हैं प्रेम 133
116. अंतिम विदाई 136

आखों में दर्द

आपकी गहराई

भरी आंखे कुछ

बता रही है

दर्द कितना सहा

वो भी बता रही,

मुस्कान तो रखते

हो आप चेहरे पर,

मुझे पता है

आपकी मुस्कान

आपकी आंखों का

दर्द छिपा रही है...!!

गुलाब

तेरा गुलाब,

गुलाब नहीं दवा

हैं मेरे लिए,

मेरे पुराने ज़ख्मों का

मरहम है मेरे लिए,

में खुश हु

मेरे दोस्त जो

तूने मुझे काबिल

समझा अपने

गुलाब के लिए..!!

बैरंग जिंदगी

आज का मौसम

कितना सुहाना

लगता है,देखता हु

तो अपना सा

लगता है,

हरे भरे पेड़ो के

बीच मे एक है

जो अपना लगता है,

किस्से काहू इस

बे रंग जिंदगी में

मुझे वो रंगीन

लगता हैं..!!

तेरी खुशी

तेरी खुशी के
लिए अपनी खुशी
भूलना मंजूर है
तेरे चेहरे की
मुस्कान के लिए,
अपनी मुस्कान
भुलाना भी मंजूर है,
तेरी मुस्कान को
बनाए रखने के लिए
मुझे कुछ भी
करना मंजूर है...!!

दिल की आश

दिल में है

एक आश तुम्हे

पाने की,

मगर अब वो

भी शांत हो

रही है,तुम्हे

पाने की चाहा है

अब वो भी

खत्म हो रही है...!!

अजीब इश्क

फीकी मुस्कान रख
कर तुमसे बात
कर लेते हैं,
तुम्हारे बिना रहा
नहीं जाता इस लिए
यादों में याद
कर लेते हैं तुम्हे,
सोचते हैं इश्क क्या
अजीब है न
चाहकर भी याद
कर लेते है तुम्हे...!!

शांत न होना

आज शांत था मैं

पर कुछ ज्यादा ही,

अपने अंदर के

तूफान को बाहर

ला रहा था मैं

सब कुछ शांत

करने की कोशिश

कर रहा था मैं,

मगर वो है कि

शांत न होने का

मन बना चुका है.....!!

छोटी मुस्कान

उसकी आंखों में

अपने लिए प्यार

देख रहा हु,

छोटी मुस्कान के

साथ पूछ रही है

कैसे शांत हो,

मुझे उसका जवाब

देते ही नहीं बन रहा है,

शांत रहकर मेरे

अंदर जल रही

आग को शांत

कर रही है,

उसकी मुस्कान

मुझे न चाहते हुए

भी मुस्कुराने पर

मजबूर कर रही हैं..!!

अशांत

बैठे हुए इलाहाबाद
विश्वविद्यालय के
ग्राउंड में अपने
मन को शांत
कर रहा हूँ,
सोचता हु क्या
करूं मगर कुछ
समझ नहीं पा रहा हूँ
तरव-हार के फिर से
पुस्तक पढ़ लेता हु,
फिर भी अंदर लगी
अशांत न होने वाली
कम्पन को शांत नहीं
कर पा रहा हु...!!!

एक तरफा प्यार

अब उससे वो

बात नहीं होती

जो पहले हुआ

करती थी,

अब उसको कोई

फर्क नहीं पड़ता

मेरे होने या

न होने का,

क्योंकि प्यार दो

तरफा नहीं एक

तरफा हुआ था..!!

अनदेखा कर दिया

उसे देख कर

अनदेखा कर दिया

वो भी किसी से

कम नहीं उसने

भी मुझे अनदेखा

कर दिया,

अब फर्क नहीं

पड़ता उसकी कोई

हरकत का क्योंकि

उससे उम्मीद करना

बंद कर दिया...!!

खामोश रहना

अपनी खामोशियां
किस्से कहूं,
यकीन हर किसी
पर नहीं होता,
कोई मिल जाए
वफादार जिससे
कुछ शब्द बोल
कम कर लू
खामोशी अपनी
मगर खामोशी है कि
कम ही नहीं होती,
बस खामोश रहती हैं..!!

खुशी लाना

मेरी खामोशी

को खुशी में

बदलने वाली बन

रही हो तुम,

शान्त मन को

खुशी में तब्दील

करने वाली बन

रही हो तुम,

मेरे खालीपन को

अपनी यादों से

भर रही हो तुम...!!

खामोश

इन खामोशियों

के साथ खामोश

हो गया पता नहीं

चल रहा कैसे

खामोश हो गया,

मुस्कुराते चेहरे पर

खामोशी के बादल

अपनी जगह

बना लेते हैं,

और खामोश

कर जाते है...!!

सुबह

आज की सुबह
कितनी खूबसूरत है,
मगर तुम्हारे मुस्कुराते
चेहरे से ज्यादा नहीं,
जब तुम याद आई,
फिर मेरे चेहरे
पर वहीं मुस्कान
आ गई जो में
तुम्हारे साथ
मुस्कुराता था,
वो दिन आज
फिर ताजा हो गए,
साथ ही देखी
तुम्हारी तस्वीर
तो एक नई
ऊर्जा मुस्कान
के साथ मिली....!!

उदास चेहरा

तुम्हारा उदास

चेहरा अच्छा

नहीं लगता,!

बिना कोई

बात के उदास

रहना अच्छा

नहीं लगता,

तुम वो

पुष्प हो

जो मुरझाया हुआ

अच्छा नहीं लगता...!!

शान्त

शांत हु !

शांत रहना

चाहता हु,!

खुश हु!

अपनी जिंदगी में

खुश रहना

चाहता हु,!

मुझे किसी की

जरूरत नहीं जो

मेरे शांत वातावरण

में खलबली मचा दे....!!

जानता हूं

तुम जो हो

उसे मैं

जनता हु,!

क्यों गुस्सा

होती हो,!

तुम्हे में

जनता हु,!

तुम वो हो

जिसे हम

हद्द से भी

ज्यादा जानते हैं,!

इस लिए

बोलता हु

तुम्हे में

जनता हु...!!

मुस्कान

तुम्हारे चेहरे

की सुंदरता

तुम्हारी मुस्कान है,!

उदासी को पीछे

छोड़ दे!

वहीं तो

तुम्हारी

मुस्कान है,!

मरते हैं लोग

मुस्कान पर

यही तो

तुम्हारी

पहचान हैं...!!

रोकना

अपनी

मोहब्बत को

अपने आप से

दूर होते हुए

देख रहा हूं!!

कोशिश

कर रहा हु !

उसे रोकने की

मगर रोक नहीं

पा रहा हूं,!

करना

चाहता हु प्यार,!

मगर कर

नहीं पा

रहा हूं....!!

आश

अब तुमसे !

प्यार की

आश करना

छोड़ दिया,!!

दिल को

तसल्ली देना

छोड़ दिया,!

पता है दिल

दुखाने का कोई

मौका नहीं

छोड़ा तुमने,!

इस लिए

हमने तुम्हारे

पास आना

छोड़ दिया....!!

तुम्हारी आँखें

तुम्हारी आँखवें
वो दर्द बताती हैं,!!
जिसे तुम्हारा
मुस्कुराता हुआ!
चेहरा छुपाने
की लाख
कोशिश करता है !
मगर कमबख्त
यह आँखवें
बताए जाती हैं,!!
मैने देखी है
तुम्हारी आंखवों में
वो नमी जो
मुझे तुम्हारे
बिना बताए!
भी सब कुछ
बता गई.......!

ज़ख्म

मेरे ज़ख्मों !

पर मरहम

लगाने की

उसने की

कोशिश !!

ज़ख्म काफी

थे मेरे,!

मगर फिर

भी उसने

मरहम लगाने

की कोशिश,!!

तनहा

तुम हो

जाओ तनहा,!

हम भी

तनहा रह लेंगे,!

तुम रहना

नहीं चाहती

हमारे साथ

तो क्या!

हुआ तुम्हारी

यादों के साथ

रह लेंगे,!!

याद

तुम हमें !

याद नहीं

करती तो

क्या हुआ,!!

हर रोज

तुम्हारी यादें

मुझे नींद

से उठा

जाती हैं,!!

इश्क

समय है !

वो चलता

रहेगा,!!

बिना चाहे

इश्क़ होता

रहेगा,!

गलती तुम्हारी

नहीं तुम्हारी

उम्र की है !!

कितना भी

रोक लो !

खुद को

तभी तुम्हे

इश्क होता

रहेगा!!

स्वाभिमान

अपने स्वाभिमान
तले दबता
रहा है,
मगर फिर
भी उसे
खुश करता
रहा मैं
,अपनी उदासी
को छिपाए
हुए मुस्कुराता
रहा मैं,
कैसे कहूं
कि तेरा
इगनोर करना
अच्छा नहीं
लगता मुझे,
फिर भी
हंस कर
बात करता
रहा मैं,

बेड़ियां

मेरा प्यार

उसके पेसो की

बेड़ियों न बने

इस लिए उससे

दूर हो गया,

टूटे हुए दिल को

लेकर में आ गया,

करता रहा न

चाहने की कोशिश

मगर वो मेरा

होता गया,

तड़प

तड़पता हु उसकी

यादों में हर दम!!

डूबता चला जाता हु!

उसके ख्वाबों में हर दम,!

मोहब्बत भी क्या गजब है

मेरे दोस्त,!

न चाहकर भी

डूबता जा रहा हु!

उसमें हर दम!!

चलती राहें

चलती राहों पर हम
उसे ऐसे मिल गए,!!
उसके बिना कुछ किए
हम उसे मिल गए!
उसकी ख्वाइशों को
बिना कुछ कहे!
पूरी करते चले गए,!!
जिसे हमने किसी दर्द
का आभास तक
न होने दिया!
वो हमें बेइंतहा
दर्द देकर चले गए,!!
हम सोचते रहे क्या थी!
मेरी गलती,
फिर हमें पता चला!
उससे प्यार कर
हम गलती कर गए...!!

एक ही रास्ता

एक ही रास्ता है
जहां तू मिलता है,
चारों तरफ नजर
दौड़ाऊ मगर वो
कहीं न मिलता है
सोचकर जाता
उसी रास्ते से,
जहां वो मिलता हैं,
खाली पड़े रास्ते में
एक आस भी न थी
तेरे आने की,
मगर एक ही
रास्ता है जहां
तू मिलता हैं

जरूरी है

साथ था तेरे

साथ रहना भी

जरूरी है,

पास न सही,

दूर रहकर पास

रहना भी

जरूरी है,

वो सामने न

सही मगर उसे

यादों में देखना

जरूरी है,

ख्याल करते नहीं

ख्याल आ जाता हैं,

उसका ख्याल

आना भी

जरूरी है

क्या लिखूं

क्या लिखूं
बस लिखता
रहूं,
मगर क्या
बस लिखता
रहूं.....

समय किसी का

तुम समय
देती नहीं,
मगर किसको
जो तुम्हे
चाहता है,
कितने सारे
दोस्त है
शायद
इस लिए
समय
देती नहीं,
मगर
जिसके लिए
आज तुम्हारे
पास समय
नहीं,
जब
उसका समय
किसी और

तरफ रूख

करेगा

तब तुम्हारा

समय उसकी

तरह रूख

करेगा

अफसोस

वो समय

तुम्हे मिलेगा

नहीं....!

थका चेहरा

यू थका चेहरा

अच्छा नहीं

लगता,

कैसे कहूं

तुम्हारा

कमजोरी भरा

चेहरा अच्छा

नहीं लगता...!!

दूर जाना

अपनी खूबसूरती से

इतना दीवाना मत

करो कि तुम्हारे

सामने कोई और अच्छा

ही न लगे,

तुमसे दूर जाने की

कर रहे हैं लाख

कोशिश मगर

तुम हो कि

जाने ही नहीं

दे रही..!!

अपनी खुशी

इश्क को खुश

रखने के लिए

अपने हिस्से की

खुशी उसे दे बैठे हैं,

अपनी मुस्कान को

भुला कर उसकी

मुस्कान को मुस्कान

बनाए बैठे....!!

ख़्वाबों में दस्तक

मैं जानता हु
कुछ फर्क
नहीं पड़ता मेरे
होने या न होने से,
मगर एक दिन
जरूर आएगा जब
मेरी यादें तुम्हारे
ख़्वाबों में दस्तक देगी,
कितनी तकलीफ
होती हैं,
यादें में जो बिना बताए
कही भी आ जाती हैं,
जिसे चाहकर भी
तुम रोक नहीं सकती...!!

प्यार करना

मैं करता हु

उससे प्यार

मगर जताना

नहीं चाहता,मोहब्बत

दिल से की है

मगर उसे

बताना नहीं चाहता,

जैसा इश्क है उसी

तरह चल रहा है

खुशी न सही

मगर शान्त तो

कर ही रहा है...!!

देख कर पागल

मेरा उदास रहना

तुमको खल

क्यों रहा है

मै सोच कर

पागल तुम मुझे

देख कर पागल

इतना प्यार मत

करो कि

बिछड़ने का समय

आए तब बिछड़

भी न पाए..!!

इश्क का दीपक

कुछ नहीं मेरे पास

कहने के लिए,

इस बैरंग जिंदगी

में कुछ नहीं है

बताने के लिए,

मेरी जिंदगी में

इश्क का दीपक

धुंधला हो गया,

अब कुछ नहीं मेरे

पास इसे पहले

जैसा करने के लिए....!!

अकेला हु

उसे भूलना

चाहता हु

गलती उसे

सुधारना चाहता हु,

कहने को तो

बहुत दोस्त है मेरे

फिर भी

अपने को अकेला

ही पता हु,

सबको

खुश करने

के लिए

अपने आप को

भुला हुआ

पाता हूं...!!

अकेला

मेरी तन्हाहि

मेरी उदासी का

साथ दे रही,

दर्द मेरा बया आंखों

से कर रही,

यू तो मुस्कुराता

रहता हु

सबके साथ

बस उदासी

मेरा साथ दे रही..!

सुकून

ठीक रहती हो

दिल को

सुकून मिलता है

तबियत खराब

रहती है

तो यादों का

दर्द मिलता हैं,

तुम हो पागल

मगर तुम्हारे

मुस्कुराते चेहरे

को देख

सुकून मिलता है....!!

तेरा जाना

तेरे दिए गए

ज़ख्मों पर मरहम,!

तेरी यादें लगती हैं,!

पता नहीं कैसे

छिप कर

मेरे पास

आ जाती हैं,!

तू मेरे पास

नहीं है तो

क्या

तेरी यादें

हमेशा मेरे

साथ रह

जाती हैं...!!

चाहत में खोना

तुझे पाने

की चाहत में

इस कद्र

खो गया,

कि अपने

आप से ही

दूर हो गया,

मैं भूल गया

था प्यार

दो तरफा

नहीं एक

तरफा था,

जब मांगा

प्यार का हिसाब

तो पता

लगा कि

तू किसी

और का

हो गया,!!

भुलाना

में उसे भुला

नहीं सकता,!!

उसे दिल

ने चाहा है,!

दर्द देती है

उसकी यादें,!!

मगर उसकी

मुस्कान को देख !

सारा दर्द कम

हो जाता हैं,!!

सारी खुशी उसको देकर

सारे गम

हमने ले लिए,!

फिर भी

दिल को रहती

उसकी फिक्र!!

कही उसकी

मुस्कान में कोई

कमी न आ जाए...!!

उड़ गई नीद

उड़ गई नीद

मगर पता नहीं,

याद करने पर

वो याद न आया,

थकान भी न थी,

मगर याद न आया,

उड़ गई नीद,

खबर न थी

याद करने की

शायद उड़

गई नीद

मैं मिलूंगा

मैं मिलूंगा
उस रास्ते पर
जहां कोई
और
न होगा,
दर्द और शांती
से भरा
होगा रास्ता
जहां मैं
मिलूंगा,
उदासी के
बादलों बीच
जहां चारों
ओर अंधेरा
ही अंधेरा
मैं मिलूंगा
उस रास्ते पर,
अपना किसी
को ढूंढते हुए
मैं मिलूंगा.....

याद हैं दर्द

तुमसे दूर
होतो जाए,
मगर तुम्हारे
नखरों को
कौन सहेगा,
जब देखो
तो मिलती
किसी और
से बात
करते हुए,
यह देख
कौन तुम्हे
चाहेंगा,
दर्द हे
तुम्हारी
यादों में
मगर यह
दर्द कौन
सह पाएगा.....!

इश्क झूठा

उसकी हरकत

को देख,

उसे याद

करने का

मन नहीं

करता,

कोशिश कर

रही हैं

हमें हमारी

ही नजरों में

गिराने की,

मगर उसकी

ख्वाहिश पूरी

तो कर दूं

मगर मेरा

इश्क झूठा

हो जाएगा....!

उदास हक

खुशी है
कि आती
ही नहीं,
जब कोशिश की
पकड़ने की
हाथ आती
ही नहीं,
उदासी ने
जमा लिया
हक़ हम
पर की
खुशी को
पास आने
ही नहीं
देती......!

साथ नहीं

साथ होते
हुए भी
साथ नहीं,
सभी का साथ
होते हुए भी
किसी का
साथ नहीं,
जिसे भी
अपना समझो
वो भी
अपना नहीं,
चल रहे हैं
मगर कहा
पता नहीं,
फिर भी
चल रहे है....!

लड़का तबाह

यह लम्हा

मौसम लम्हा

हो रहा है

मगर तेरे

लिए तबाह

हो रहा है

तुझे खबर

नहीं कि

तेरी महफिल

में यह

लड़का

तबाह हो

रहा है.....!

ख्यालों में

एक मंजर

है जो

ख्यालों में

मिलता है,

मगर ख्याल

करने पर,

सोचने पर

नहीं,!

ख्याल तब

होगा जब

वो होगा,

मगर वो

है ही नहीं

ख्यालों में,

मगर अप्सोस

ख्याल भी

रह गया

ख्यालों में.....!

शब्द आ गए

शब्द आ गए

मगर ???

किसके लिए,

उसके लिए

जिसके लिए

आना न था

तब भी आ गए,

बिना रोके

आ गए,

अब ज्यादा

मत लिखो

उसके लिए,

बरना शब्द

चले जाएंगे

किसी और

के लिए.....!

मासूम बरसात

मासूम हैं वो
किसी मौसम की
तरह जो हर
समय नहीं
कुछ समय
बरसता है,
मगर जब भी
बरसता है
कुछ अलग
ही बरसता है....!

आलम

मजबूर आलम

खुद गद्दार हुआ,

बिना मिले उससे

प्यार हुआ,

उसकी ख्वाहिश

लिए हम फिरे,

देखते रहे

कल्पनाओं के

शहर में,

मगर वो

सामने न मिला.....!

यह प्यार है

प्यार हो या न

हो मगर नजर

हमेशा रहती है

प्यार पर नही

किसी और प्यार

पर रहती हैं,

यह प्यार है

जो उससे होने

के बाद भी

किसी और से

होने को तैयार है.....!

जरूरत के लिए

कितना अजीब
है रिश्ता
जो किसी से भी
बन जाता है
मगर जरूर को
जरूरत के लिए,
पास होना न
होना समान रहा,
कुछ समय वाले
रिश्ते के लिए.....!

करीब देखा

दिल में दर्द लिए हु
मगर उससे ज्यादा
नहीं जो मुझे
जनता ही नहीं,
अपने को करीब
से देखने लगा हु
खुशी इतनी की
समालते ही नहीं
बन रही,मगर
फिर भी
खुशी नहीं है......!

उनका खुश होना

खुद को समय
देने की बजाय
किसी और को
दे बैठे,वो भी
किसी और के लिए
उसे ले बैठे,
करते रहे हम
उनके खुश होने
का इंतजार,
मगर हम उन्हें
खुश न कर सके....

एक मुखौटा

जिसे देखो वो

अपना चेहरा एक

मुखौटे लगाए रहता है

हर समय अपना

अहसास दिलाने वाला

हमारे सामने ही

किसी और के

साथ रहता है,

कैसा अजीब रिश्ता है

जब भी देखो वो

किसी और का

लगता है....!

मेरी बात

शान्ति भी कितनी

अजीब होती हैं

जो बिना कुछ

बोले ही सब

बोल जाती है,

किसी से कुछ

कहने की जरूरत

ही नहीं पड़ती,

हर किसी के सामने

मेरी बात

बदल जाती हैं.....!

उसकी जरूरत

उसका जरूरत

पड़ने पर बात करना,

और मेरे बिना मना

बोले काम कर देना,

कितनी सोचने

वाली पहेली

लगती हैं मेरी

बात कुछ

अजीब लगती हैं.....!

अकेला हूं

अकेला हूं

अच्छा हु

मगर खुद

के लिए

उसके लिए

नहीं जिसने

देखने की

भी कोशिश

न की

अकेला हूं

इस लिए

अकेला हु.....!

उम्मीद करूं

अपनी यात्रा में

किसको साथ ले चलूं

जिसे देखूं वो

अपना मतलब

निकाल रहा है,

उम्मीद करूं तो करूं

किससे जिसे अपना

माना वो भी मतलब

निकाल रहा है......!

सब बदल रहा है

सब बदल रहा है
जिसे देखो वो अपना
रंग बदल रहा है
इस मतलब की
जिंदगी में जो
अपना था वो भी
बदल रहा है,
जिससे उम्मीदें थी
कुछ ज्यादा अफसोस
वो शख्स भी
बदल रहा है......!

एक दोस्त

जिससे खुशी

मिलती थी उससे

बात करना छोड़ दिया

एक दोस्त के लिए

एक दोस्त को छोड़ दिया,

उसके साथ बिताए

हर पल अब खुश

रहने नहीं देते,

मगर जब होता

हु उदास तो उदास भी

नहीं रहने देते?.....!

याद नहीं

खुश दिखता हु
मगर खुश नहीं हु,
उदास रहता हु
तभी उदास नहीं हु,
कहने को क्या नहीं
मेरे पास मगर तब भी
अकेला रहता हु,
मगर किसी की
याद में नहीं...!

सारी तमन्ना

अब मन नहीं लगता

किसी से बात

करने के लिए,

शांत रहना ही

अच्छा लगता है

जिंदगी के लिए,

अब सारी तमन्ना थी

जो अपने आप से

जा मिली,

मैं करता रहा

सब को खुश मगर

जब बात मेरी आई

तो सारी खुशी

खत्म हो गई..

अलग

यादों में तुमसे

अलग होने के

संकेत छुपा बैठे,

करते गए खुदको

अलग मगर हम

उसके हो बैठे..!

एकता सूत्र

एकता के सूत्र में
बांधना है तुम्हे,
समाज की विचारधारा
को तोड़ना है तुम्हे,
युद्ध करो तो
विचारों से करो,
हथियार से तो
सभी करते हैं,
यही विचारधारा को
तोड़ना है तुम्हे...!!

उसकी कोशिश

उसका किसी
गैर के साथ मुस्कुराना,
मेरी मुस्कुराहठ को
छीन ले गया,
पता नहीं कैसा
ऐसास है जो
बताने पर भी
बताया नहीं जा रहा,
दर्द है बहुत है
मगर बताया
नहीं जा रहा,
उसने कोशिश की
लाख जानने की
मगर सच में
मुझे बताया
नहीं जा रहा...!!

शान्त होना

अब शान्त रहना

अच्छा लगता है,

तेरी यादों के दरिया

में डूबना अच्छा

लगता है,

सच है

मेरा प्यार

एक तरफा था,

मुझे वो

अच्छा लगता है

मुस्कान रह गई

आंखों में लिए
दर्द मुस्कुराता रह गया,
मेरी उदासी देखकर
कोई उदास न हो
इस लिए
मुस्कुराता रह गया,
दर्द है सीने में बहुत
मगर उसको खुश
देखने के लिए,
मुस्कुराता रह गया,

क्या कहूँ

तुमसे क्या

कहूं,

बस कहता

रहूं,

जब भी

याद आए

बस कहता

रहूं......

तुम चले गये

लौट कर

आए मगर

जब तुम

चले गए,

देखा चारों

ओर मगर

तुम चले

गए,करनी

थी कुछ

बात मगर

तुम चले

गए.....

देखते रहे

शांत नजरों ने
शांत नजरों
को देखा,
एक दूसरे को
जानने को
थी आतुर,
मगर जो
देखा आंखों
ने देखा,
और हम
ग़ालिब
खड़े उसे
देखते रहे...

आहट

उसकी आहट

थोड़ी ही

सही मगर

जब आई,

यादों की

बरसात

मन में

हो आई.....

आंसू

आंसु बह गए,

कुछ दर्द थे

और कुछ

जख्म जो

आंसुओं में

बह गए.....

भरोसा करूं

भरोसा करूं
तो कैसे करूं,
वो हमारी
बातों को
किसी और
को बता
रहा है,
सुन अपनी
ही बात
किसी गैर से,
अपना मानने
का दर्द
मुझे हो
रहा है.....

क्या बोलूं

क्या बोलू
उसे कुछ
बोलते ही
नहीं बन रहा,
कहने को
बहुत कुछ
है मगर
क्या बोलूं
उसे कुछ
बोलते नहीं
बन रहा....

यकीं करूं

यकी करूं

तो करूं

किस पर

यकीन हर

कोई तोड़

रहा है,

जिसे देखो

वो यकी

तोड़ रहा है.....

सीखा गई

इंतजार करना

मुझे नहीं आता

मगर

तुम सीखा गई,

किसी से बात

करना नहीं

आता मुझे

मगर

तुम सीखा गई,

मुस्कुराना मुझे

नहीं आता

मगर तुम

सीखा गई....

बरसात हुई

वक्त-ए-महफिल
में क्या बरसात हुई,
मेरी महफिल में
उसके आने से
बरसात हुई,
खुशी की
या दुख की
मगर
बरसात हुई....

लौट कर न आना

लौट कर
न आना
जहां कोई
नहीं अपना
साथ था
जिसका
उसे देखने
नहीं आना
उन यादों को
जो छोड़
गए तुम
क्या नहीं
आना उस
जगह लौटकर....

मगर क्यों

मैं अपना

बना लू

मगर क्यों,

हर पल

याद करु

मगर क्यों,

इश्क है

तुझसे

मगर क्यों,

साथ रहना

है तेरे

मगर क्यों.....

मैं नहीं जानता

खुश हूं

या हुं

दुख

मैं कुछ

नहीं जनता,

अंदर उठते

द्वंद को

मैं नहीं

जानता,

शांत हूं

किस लिए

मैं नहीं

जानता,

बात करने

का मन

नहीं मगर

किस लिए

मैं नहीं जानता....

बहुत कुछ

क्या कुछ

कह नहीं

सकता,

बताने को

बहुत कुछ

मगर बता

भी नहीं

सकता,

अकेला रहकर

सब कर

देता हु

शांत मगर

उसके साथ

मैं भी हो

जाता हूं

शांत....

गुजर रहा हूं

जिसे देखो

वो अपना

बन रहा

मगर कुछ

वक्त बाद

बेगाना

बन रहा,

अपनों के

कुछ इस

तरह बदल

जाने से

दर्द वो

बन रहा,

किसी को

बता भी

नहीं सकता

किस हालात

से गुजर

रहा हु,

मगर

मुस्कुराते हुए

गुजर रहा हूं.....

जो जैसा है

जो जैसा है

उसे जैसा

ही समझ

लिया,

किसी से

कोई शिकायत

नहीं,

जो जैसा है

उसे जैसा

समझ लिया,

किसी को

सफाई नहीं

दे सकता,

जो जैसा है

उसे वैसा

समझ लिया....

अजीब तस्वीर

अजीब है
वो तस्वीर
जिसे देख
रही आँखें,
बंद होने
पर नहीं,
खुली आँखें
देख रही,
जहन में
देखते-देखते
बस गई
तस्वीर
मगर आँखें
है जो देख रही है..

देख रही आँखें

आँखें देख कर
भी देख रही है,
उदासी या मुस्कान
देख रही है,
देखने को
और भी है,
मगर देख
रही है,
कोई सपना है
मगर अपना हैं
शायद उसको
टूटता देख
रही हैं
आँखें नम
हो कर
देख रही हैं....

खाली आँखें

आँखो से झलक
आता है,
उसकी याद
करते ही
निकल आता है,
खाली पड़ी
आँखो में
अंशु भर
आता है....

मन रहता

जहां कोई

न हो,

शांति बस

वही हो,

उदासी निवास

करती जहां,

हर लम्हे को

अंधेरा छुपाए

रहता हैं,

खुशी का

साथ नहीं

जहां,

मेरा मन

रहता वहाँ....

तू पास

चलती राहों में

अक्सर याद

करता हु,

तू पास नहीं

मगर पास

रखता हु,

तेरी खुशी

बनाए रखने

के लिए,

तुझसे दूर

रहता हु.....

नजारे

समय के साथ-साथ

हालात बदल गए,

खुश रहने

वाले शख्स

बदल गए,

अब खुशी

न थी

खुशी को

देखने की

कमबख्त

वो नजारे

बदल गए.....

अजनबी

कुछ किए

बिना गुनेहगार

हम हुए,

उसे बचाने

के लिए

बदनाम

हम हुए,

कितना खूब

किया उसने

अब अजनबी

उसके लिए

हम हुए....

वो आए

वो आए
हमे देखने
मगर देखना
न चाहा,
इश्क में है
वो इस लिए
मिलना न चाहा,
आखों में
न देख
इश्क उसके,
हम अपने
इश्क को
ताक रख,
उसकी खुशी
के लिए
रो लिए...

नजरों में दर्द

नजरों में प्यार

चेहरे पर

गुरूर लिए

फिरे,

किसी से

न मिलते

हम

उनसे जा

मिले,

दर्द दोनों

नजरों में था,

देख हम

उनसे दूर

हो लिए....

कमियां

पाने की चाहत,
चाहत ही रह गई,
कुछ कमियां
हमारी ओर कुछ
उनकी हो गई,
दर्द होता हैं
किसी को
चाहने में,
अफसोस
चाहत भी
दर्द बन
रह गई....

दासता

अपनी दस्ता

बताऊं मगर कैसे,

शब्द नहीं

नजरे बता रही,

बीते दिन का

हाल बया

कर रही,

मगर किससे

बता नहीं

फिर भी

बया कर

रही.....

डर उदासी का

उदासी को

मुस्कान से

दूर कर रहा,

बिना देखे

उसे देख रहा,

डर है

उदासी न

आ जाए,

उस उदासी

को नजरों में

कैद कर

मुस्कुरा दिया...

इश्क कर बैठे

कुछ करने की

चाहत में कुछ

कर बैठ,!

कुछ न करने

की चाहत में

भी कर बैठें

यह इश्क है

किसे न चाहते

हुए भी कर बैठा....!!

नजर मंजिल

शांति का

राज रहा

कसत-ए-महफिल में

खुशी का निशान

दूर-दूर तक

न रहा,

देते है तकलीफ

नजरों को

जो बिना

मंजिल

दौड़ाएं जाते हैं....!

नजर देखूं

नजर से देखूं

तो कहा देखूं,

जो दिखता है

अब वो दिखता

नहीं,

चारों ओर

सन्नाटा

नजर कहा

दौड़ाऊ,

वेहरंग

देखने की

आदत

नजरों ने

डाल ली...!

मेरा दर्द

हर लम्हा
लम्हा न
रहा हर,
अपना
अपना न रहा,
इस दर्द भरी
दुनिया में
कोई खुश
न रहा,
जिधर देखा
दुख देखा,
अपना कोई
न देखा,
जो अपना माना
उसमें भी दर्द देखा
उसे दर्द होता है
अपने को दर्द में

देखकर

वो दर्द भी

तड़प रहा

दर्द में,

दर्द को

दर्द से

निकालने की

कोशिश कर

रहा दर्द,

उसको भी

तड़पन दे

रहा दर्द,

इस लिए

दर्द को

दर्द दे

रहा दर्द ...!

तेरी खुशबू

तेरी खुशबू !
मेरे ख्यालों में
बस जाती है!!
और मेरी तन्हाई
तेरे नाम की!
दास्ताँ गुनगुनाती है!!
मैं देखता हूँ!
तुम्हें पर
शब्द मेरी जुबाँ
तक नहीं पहुँचते!!
तेरे बिना मेरी
साँसें भी कुछ
अधूरी सी लगती हैं!
और मेरी खामोशी
तेरे ख्यालों में
रंग भर देती है!!
तेरी आवाज़

मेरे दिल की

सबसे हसीं

धुन बन गई है,!

और हर नज़र

जो तेरी

ओर जाती है,!!

वो बस यादों में

ठहर जाती है।!

मेरी मोहब्बत का

कोई शिकवा नहीं,!

ये बस मेरे दिल

की सबसे ख़ामोश,!

सबसे सच्ची कहानी है।!!

मैं चाहूँ तो अपना

दर्द बयाँ कर दूँ,!!

मगर ये मोहब्बत

सिर्फ़ मेरे जज़्बातों

में खिलती है।!!

तुम मेरी ज़िन्दगी

की वो रोशनी हो,!

जिसे मैं अपने

जज़्बातों में चुपचाप

सजा कर रखता हु!!

उदासी

उदासी क्या अजीब सा नाम है !!
मगर इसकी गहराई बहुत है!
जिस किसी के पास
चली जाए, उसका कौन अपना
पराया सब पता कर बता देती हैं!!
उदासी आ जाती हैं !
जब कोई जान से प्यारा
हमसे दूर होता हैं!!
तब उसकी जगह उदासी
आ जाती हैं !
डरते हैं सब उदासी से
मगर इनको कौन बताए!
मरने तक का साथ यही निभाती
हैं,उदासी आ जाती हैं!!
दो पल की खुशी की
चाहा रखने वालों!
उदासी के समंदर को
तुम कहा समझोगे!
तुम बस कहते हो
उदासी आ जाती हैं!

जिंदगी

जिंदगी कितनी प्यारी लगती हैं,
मगर सोचने पर,!
या किसी और को देखने पर
बड़ी प्यारी लगती हैं,!!
मगर सच कुछ और
ही हैं, जो देखने से नहीं
महसूस करने से मिलता है,!!
बच्चे से बड़े, बड़े से जवान
हुए,फर्क बस इतना कि हम
समझदार हुए,!
जो कभी कुछ करने से पहले सोचते नहीं
आज वो सोचते सोचते ही खो गए,!
कैसी है जिंदगी खुशी होते हुए भी नहीं
मिलती, किसको चाहो उसे ही
दूर कर दे,न चाहते हुए भी जिसे
जानते नहीं ही नहीं उसके साथ रहने
के लिए मजबूर कर दे!

जिंदगी यह है जिंदगी

जो हर पल खुशी न सही दुख ही देती

रहती हैं, जिंदगी अपनों से पल भर

में दूर कर दे,मिलने का मौका!

भी न दे जिंदगी

हां यही है वो जिंदगी जो दूर से

अच्छी लगती हैं !

मगर पास से उतनी ही

दर्दनाक,खौफ देने वाली

जिंदगी है यही जिंदगी....!!

जीवन का सच

इस रंगीन दुनिया में जिसने भी जन्म लिया है,
उसको दुख और सुख के मार्ग से होकर गुजरना
पड़ता हैं एवं हर परिस्थिति में समान रहना पड़ता है
चाहे जीवन में कोई भी परिस्थिति आए हमें
सुख और दुख दोनों का सामना करना चाहिए,
जिस प्रकार सिक्के के दो पहलू होते है ठीक उसी
प्रकार मनुष्य के जीवन में भी दो पहलू होते हैं
सुख और दुख तथा दोनों पहलुओं का होना आवश्यक है
अगर आपके जीवन में सुख ही सुख आ जाए तो उस
स्थिति में आप को सुख का मोल नहीं होगा जैसे
किसी चीज की चाहत तब तक होती है
जब तक वो नहीं मिलती है, मिलते ही उसका महत्व
कम हो जाता है इसलिए जीवन में जो मिलता है उसे
स्वीकार करो और हर पल को जीने की कोशिश करो
और जीवन में सभी कर्म मानव को ही करने होते हैं
परंतु वो कर्म करने में नहीं अपितु कल्पनाओं में
जीवन व्यतीत करता है,और कल्पनाओं के अनुकूल वस्तु
उसे प्राप्त नहीं होती,तो उस स्थिति में उसे दुख होता हैं

अतःसुख और दुख मनुष्य स्वयं उत्पन्न करता हैं,क्योंकि वो अपनी महत्वाकांक्षाओं को कल्पनाओं में पूर्ण होता देखता है मगर असल जीवन में नहीं तथा असल जिन्दगी में उसका महत्व कुछ नहीं होता हैं, इसलिए जिंदगी को संघर्ष के नाम से संबोधित भी किया जाता है, क्योंकि यह हमें मजबूत बनाता है,जैसे एक हीरे को पॉलिश करने के लिये दबाव की जरूरत होती है, वैसे ही जीवन के संघर्ष हमें मजबूत और चमकदार बनाते हैं। जिंदगी की डगर में कुछ भी स्थाई नहीं है, सब कुछ आस्थाई है हमें जीवन में समय के साथ-साथ परिवर्तन करना होता हैं, अपने-अपने दृष्टिकोण को सार्थक करने के बाद जो सोच अपने मन में चल रही हो उसे पूर्ण करने के लिए प्रयास करना पड़ता हैं,क्योंकि समय के साथ उम्र तो बढ़ती है तथा जिम्मेदारियों की दस्तक भी प्रारंभ हो जाती हैं उस समय संतुलन बनाना बड़ा मुश्किल होता हैं, पढ़ाई करने वाले छात्र और छात्राओं के लिए भी जीवन एक परीक्षा है। जहां हर दिन नई चुनौतियां, नई परेशानियां आती हैं,परंतु वे अपने मार्ग पर अड़े रहते है,वह जानते है जो होना है

वो हो कर रहेगा,अतःउसके बारे में सोचना व्यर्थ है।

जीवन में सुख आकर कब निकल जाता है,

पता ही नहीं चलता,जैसे एक पलक झपकाते ही

समय गुजर जाता है, वैसे ही सुख भी आ कर निकल जाता है।

मगर दुख का आभास हर पल रहता हैं क्योंकि

यह हमें जीवन की वास्तविकता को

समझने में मदद करता है।...

नारी स्वतंत्रता

भारत जैसे महान देश में जहां लड़कियों को

देवी का रूप माना जाता हैं ,यह बात कितनी सच है

इसको हम जानने की कोशिश करते है कि यह कुछ हद

तक ठीक नहीं है हमारे भारत देश में जहां एक ओर

पत्थर की देवियों की पूजा की जाती है लेकिन वहीं दूसरी

ओर जीवित देवियों की नहीं मेरा,मतलब यहां की नारी से है,

सब अपनी मां को देवी तरह पूजते हैं मगर लड़की को नहीं,

अपनी पत्नी को नहीं इन्हें कौन समझाए कि अपने समय में

मां भी किसी की बेटी,बहन एवं पत्नी थी तब जाकर वो मां बनी।

इस लिए मैं कहता हूं,कि लड़की होना आसान नही होता

क्योंकि समाज ने अगर सबसे ज्यादा दुःख व पीड़ा

किसी को पहुंचाई है,तो वो नारी ही है,जो अपने मुस्कुराते

चेहरे पर लाखों दर्द व दर्द छुपाए रहती है,मगर

किसी से शिकायत तक नहीं करती,आखिर किससे कहे कोई सुनने

बल ही नहीं है,बरहाल,अपनी बात प्रारम्भ करने से पहले नारी व्यथा से

अवगत कराना चाहता हूं।

नारी होना इतना

आसान नहीं होता ,

आपन से दूर रहना

आसान नही होता,

बिना गलती के भी

गलती मान लेना

आसान नही होता,

दुख होने के बाद भी मुस्कुराना

आसान नहीं होता,

बिना कुछ किए सब सुन लेना

आसान नही होता,

अपने उपनाम को दूसरे के

उपनाम में बदलना इतना

आसान नही होता,

नारी होना

आसान नही होता.........!

नारी के जितने भी रूप है सब अपने आप में महत्वपूर्ण है। लड़की से बचपन में ही उससे उसकी स्वतंत्रता छीन ली जाती है जो वो करना चाहती है वो कर नहीं पाती न चाहते हुए भी वो सब करना पड़ता है जो वह करना नहीं चाहती, वो भी खुले आसमान में रहना चाहती है एवं अपनी जिंदगी अपने हिसाब से जीना चाहती है लेकिन समाज की

कुरीतियां बीच में आकर उसके पैरों में एक रहस्यमय
जंजीर डाल देती हैं जो उसे घर की चार दिवारी में कैद कर देती है
लड़की इस केंद्र को अपनी जिन्दगी मानकर जीने लगती हैं,
अपने सपनों को तिलांजलि दे देती है समाज के अनुसार
ढल जाती हैं अपनी इच्छाओं को मार कर जीवित रहती है,
समाज के लिए फिर भी वह समाज उसे क्या देता है
गालियां, तिरस्कार, अपमान आदि देता है।
नारी समाज से लड़ना चाहती है तो समाज के लोग
उसे रोक देते है,जिस घर में लडकी ने जन्म लिया वो
घर भी उसे पराया करने में एक मिनट नहीं लगाता,
अपनी बात रखने पर उससे कहा जाता है,कि
लड़की पराया धन होती है,आखिर लड़की अपना
अधिकार किस पर जताए, किसी के पास इसका जवाब नहीं है।
कैसे होगा समाज ने नारी को अपने हाथों की कठपुतली जो बनाकर
रखा हैं,अगर लड़की किसी को अपना मानने लगे और
उस पर अपना हक समझने लगें तो समाज को
यह पसंद नहीं है, समाज में इतना भेद भाव क्यों
आखिर नारी की भी अपनी जिंदगी है तो समाज
उसे स्वतंत्रता क्यों नहीं देता,आखिर इतना भेदभाव क्यों

एवं लड़की और लड़के में अंतर क्यों
समाज नजर उठा कर देखो की इतनी बंदिशे लगाने के
बाद भी लड़की लड़कों से आगे निकल रही है
तथा लड़की को मौका दिया जाय तो वह वो कर सकती है
जो लड़के नहीं कर पाए मगर समाज को डर है कि
लड़कियां कही लड़कों से आगे न बढ़ जाए,लेकिन अब समय बदल
रहा है,नारी अपना सर्वस्व त्याग देती है,और अपने लिए क्या
करती है कुछ नहीं,मगर तब भी समाज अपनी आंखों को
बन्द किए हुए हैं यह सच है कि लड़की जन्म से लेकर
मृत्यु तक कुछ अपने लिए नहीं करती,फिर भी
उसे इतने बड़े जीवन में प्रेम और सहानुभूति प्राप्त नहीं मिला,
यह समाज है जो नारी को प्रेम और सहानुभूति तक नहीं दे सका।
और जब नारी अपना हक,सम्मान एवं प्रेम मांगे तो
समाज उसका तिरस्कार कर देते है और
सबसे बड़ी बात तो यह है कि लड़की के घर वाले
उसका साथ देने के स्थान पर समाज का साथ देते है,
वो इस लिए कि समाज के चार लोग क्या सोचेंगे।
अतः समय के साथ साथ नारी शक्ति मंद गति से विकसित हो रही हैं
तथा समाज की बेड़ियां उनकी मंद गति को बाधित करने में कारगर
साबित नहीं हो रही हैं...

पढ़ाई होती हैं

पढ़ाई कैसे होती हैं,थक हर कर करते हैं पढ़ाई

ध्यान कही और नजर कही और,

चलती का कक्षा में शरीर तो है

मगर मन कही और चल रहा है,

हाँ ऐसे ही होती हैं पढ़ाई

उलझते-उलझते कोई भी अध्याय में रह जाते हैं,

और थोड़ी देर में शब्दों की चमक से सो जाते हैं,

फिर खुलती है आँखें ओर लग गए फिर पढ़ाई करने

थोड़ी देर बाद आँखो में थकान और जाते हैं चेहरा धोने,

आने के बाद थोड़ी देर खोल कर वैश्विक यंत्र चलता है

और कब दो-तीन घंटे गुजर गए पता ही नहीं चलता,

फिर न चाहते हुए करते हैं पढ़ाई,

शाम होते ही निकलते लाइब्रेरी से बाहर और

साथ में उन किताबों के साथ आए और सामने

ग्राउंड में 30 मिनट बैठने के बहाने पूरी दुनिया के

चक्कर लगा रहा है हमारा मन ओर देखता है

उस आसमान की ओर जो बादलों से घिरा है,

और हमारा मन उसमें सिनेमा देख रहा

अपनी बीती जिंदगी का वह रूप जिसे
हम मन में सजाए हुए रहते हैं,
घर से आकर बड़ी शिद्दत से सोचते हैं कि
करेंगे पढ़ाई मगर पढ़ाई करते तो है लेकिन
देखते और सोचते उससे ज्यादा हैं,वो भी
अपने ख्यालों में,
अरे मैं भी आपके साथ कल्पना में
बहता चला गया,खेर अपनी बात पर आते हैं
फिर देखा कि समय हो गया जाने का
जब गार्ड अंकल की सीठी कानों पर पड़ी
तब कही जागर उठे और
भागे रूम की तरफ और फिर
वहीं सुबह के गंदे पड़े बर्तन को लग गए
धोने ख्यालों के साथ....

क्या हैं प्रेम

जब भी प्रेम कि बात आती हैं हमारे मन में सबसे

पहले पुरुष और स्त्री का चित्रण आता है किन्तु

प्रेम केवल स्त्री और पुरुष के आकर्षण का विषय नहीं है

प्रेम विभिन्न रूपों में हो सकता है,जैसे परिवार के प्रति प्रेम,

माता पिता के प्रति प्रेम,भाई बहन के प्रति प्रेम,

मित्रो के प्रति प्रेम,देश के प्रति प्रेम,जन्मभूमि के प्रति प्रेम,

मानवता के प्रति प्रेम,प्रकृति के प्रति प्रेम,आदि

मानव जीवन में कई रूपो में प्रेम विद्यमान रहता हैं,

प्रेम स्वाभाविक है जो आपने आप हो जाता है

कोई इसे उचित मानता है कोई अनुचित सबका

अपना-अपना देखने का नजरिया होता है ,जहां

हम आज के युग की बात करें तो प्रेम बस

काम वासना का केंद्र बनकर रह गया है ,

आज के युग में शारीरिक आकर्षण को प्रेम का नाम दे

दिया गया है जो क्षणभंगुर है क्योंकि आकर्षण एक

समय के बाद समाप्त होने लगता है परंतु, प्रेम

कभी समाप्त नहीं होता,वह समय के साथ

और भी गहरा और भी दृढ़ होता जाता है,

प्रेम अनुचित नहीं है बस इसे सही दृष्टिकोण से

देखने की जरूरत होती है,प्रेम निस्वार्थ और स्वतंत्र होता है

इसमें कोई बंधन या स्वार्थ नही होता ,सच्चे अर्थों में

प्रेम वो है जिसमें बिन मोल बिक जाना होता है

अगर आप किसी से निस्वार्थ भाव से, एवं सच्चे मन और

ह्रदय से प्रेम किया होगा तो वह मार्ग में पुष्प

बनेगा कांटा नहीं,प्रेम में यह भी आवश्यक नहीं है कि

आप जिससे प्रेम करे वह भी आप से प्रेम करे

प्रेम में त्याग और आत्मसमर्पण भी जरूरी है,क्योंकि

प्रेम कोई वस्तु या राज्य या धन नहीं है जिसे आप

बल से प्राप्त कर ले,अगर वह आपसे

प्रेम नहीं करता/करती तो इस स्थिति में भी

आप उससे प्रेम करे,उसे पाने के लिए नहीं अपितु

उसकी खुशी में खुश रहने के लिए क्योंकि

अज्ञेय जी ने भी कहा है

"चाह नहीं मै प्रेम करूं

तो मुझको आंचल

का ओढ मिले"

जब प्रेम निस्वार्थ भाव से होता है तो इसमें

कुछ पाने का भाव नहीं होता अपितु सिर्फ देने भाव का होता है

क्योंकि उसकी खुशी में भी अपनी ख़ुशी होनी चाहिए,

यू तो प्रेम का मार्ग इतना सरल नहीं होता अगर

सरल होता तो हर व्यक्ति ही प्रेम करने लगता,

सच्चे अर्थों में प्रेम एक आत्मा का दूसरी आत्मा के साथ

सम्बन्ध स्थापित करना है,अगर कोई व्यक्ति

स्वार्थ वश या आकर्षण वश प्रेम रूपी चादर ओढ ले

और इसे प्रेम का नाम दे तो वह इससे अपना स्वार्थ

तो पूरा कर सकता है अर्थात शारीरिक रूप से संबंध

तो स्थापित कर सकता है,लेकिन हृदय और आत्मा

कभी भी प्राप्त नहीं कर सकता है

सच्चे प्रेम का एक उदाहरण मीरा का श्री कृष्ण के साथ का

प्रेम है मीरा श्री कृष्ण को निस्वार्थ प्रेम करती थीं

जिस देखकर मूर्ति से भी अश्रु प्रवाहित होने लगे थे

इस निस्वार्थ प्रेम से हम सच्चे प्रेम से अवगत होते हैं

जो आज के युग में शायद ही देखने को मिलेगा.....

अंतिम विदाई

जिंदगी की राहें बहुत अजीब होती हैं पल भर में
जान से प्यारा कब अलग हो जाए पता ही नहीं चलता,
जिंदगी देने वाले ही अंतिम विदाई देते हैं,
सोचने पर की जिंदगी कितनी सुंदर है पर सोचने पर
हकीकत में इसका नजारा ही कुछ और होता है,
एक थी दोस्ती जो जान देने से लेकर जान जाने तक चलती थी
तीन दोस्तों की कई सालों बाद मुलाकात हुई पर क्या मालूम था
कि यह ही मुलाकात आखिरी बनकर रह जाएंगी,
जो सोचे भी न थे वो अपने आंखों के सामने देख रहे है,
अपने,प्यारे दोस्तों को रास्ते पर पड़ा देख रहे है,
कुछ पल पहले हंसकर की थी बात वो
अब इतना शांत हो गये कि कुछ कहने को ही नहीं बन रहा है,
चारों तरफ मेरे दोस्तों का रक्त बह रहा है,उससे देख
मेरी मानो जान ही निकल गई हो,मेरी आँखो के सामने
अधेरा छा गया है और कुछ बोलते ही नहीं बन रहा,
सब कुछ शांत हो गया बस मेरे हृदय की धड़कन है जो
जोरो से धड़क रही है,जिन दोनों के चेहरे पर कुछ समय
पहले मुस्कान छुपाए न चुप रही हो,अब उनका चेहरा
बिना किसी रंग के सफेद पड गया है मानो कभी

बोला ही न हो,मुझे जब होश आया तो एक आदमी बोल रहा है
अब चलो दोनों को एंबुलेंस में रख दिया गया है,
सुन कर बात में होस में आया और सुखी पड़ी आँखो में मानो
आंसुओं की सुनामी आ गई हो,इतना असहनीय दर्द हुआ
कि मेरी आँखें बेहोस होकर ही बंद हुई,
जो पिताजी के उठाने पर ही खुली और पिताजी ने पूछा
अब तबियत सही है,यह सुन मेरा ध्यान कल की सारी
घटनाओं पर जा पहुंचा,और मैने पूछा कि
अब वो दोनों कहा है,जब जबाव मिलता है कि
दोनों की अंतिम विदाई की तैयारी हो रही है,तो मैं उठकर
उन दोनों के घर की तरफ जाने लगा,और जो देखा
उसे देखता ही रह गया,जिस घर में हँसी की चहचहाहट
गूंजती थी वहां अब उदासी और शांती ने अपना डेरा जमाए रखा था, जिधर
भी निगाहें जाती उधर रोते ही मिलते,मगर
एक जगह मेरी आँखें टीक गई जहां मेरे दोनों दोस्त
सफेद कपड़े से ढके थे,उन्हें देख मेरी आँखें फिर नम हो गई,
जैसे कोई गलत देख लिया हो,अंतिम विदाई का समय आ गया,
सब मरघट जाने लगे क्योंकि जिंदगी का अंतिम सत्य वही है,
मैने अपने दोस्तों को कंधा दिया पर दुख के साथ,
जो मेरे साथ कल हँस खेल रहे थे, वहीं अब शांत होकर जा रहे,

जिनको आग से लगता था डर वहीं आग की लपटे
उनको अपने अंदर समाहित कर रही है,सारी यादें
उसी आग में जल रही है,आग के शांत होने के बाद
शरीर नहीं राख बची जिसे छोटे से घड़े में बंद कर गंगा
विसर्जन के लिए रख लिया है,मेरे दोस्तों तुम्हारी दोस्ती
हमेशा मेरे ज़हन में जिंदा रहेंगी,तुम साथ नहीं
मगर तुम्हारी यादें मेरे साथ हमेशा रहेंगी....

www.ingramcontent.com/pod-product-compliance
Lightning Source LLC
LaVergne TN
LVHW010808051026
849532LV00007B/2471